1862 (Décembre 8) Delacroix
Monsieur Moreau

avec prix et 1 déc. ...

GALERIE DE COMMERCE DE M. CACHARDY

TABLEAUX

ET

DESSINS MODERNES

PREMIÈRE VACATION

EXPOSITION — Le Dimanche 7 Decembre 186

VENTE — Le Lundi 8 decembre.

SECONDE VACATION

EXPOSITION — Le Mardi 9 décembre 1862.

VENTE — Le Mercredi 10 Décembre.

Me **BOUSSATON**, Commissaire-Priseur.

M. **F. PETIT**, Expert.

PARIS. — IMPRIMERIE DE J. CLAYE

RUE SAINT-BENOIT, 7

CATALOGUE

DES

TABLEAUX

ET DE QUELQUES

DESSINS MODERNES

COMPOSANT LA

Galerie de commerce de M. CACHARDY

DONT LA VENTE AURA LIEU

Par suite de cessation de commerce

Les Lundi 8 et Mercredi 10 Décembre 1862

A DEUX HEURES ET DEMIE PRÉCISES

HOTEL DROUOT

SALLE N° 5

Par le ministère de Mᵉ **BOUSSATON**, Commissaire-Priseur, rue Lepelletier, 7

Assisté de **M. FRANCIS PETIT**, Expert, rue de Provence, 43

1862

CONDITIONS DE LA VENTE

Elle sera faite au comptant.

Les adjudicataires payeront, en sus des enchères, cinq pour cent, applicables aux frais.

LE CATALOGUE SE DISTRIBUE

A PARIS..........	Chez M.	BOUSSATON, Commissaire-Priseur.
—	—	FRANCIS PETIT, Expert.
A BRUXELLES.....	—	HOLLENDER.
A LA HAYE......	—	VAN GOGH.
A AMSTERDAM....	—	DEWRIÈS.

PREMIÈRE VACATION

EXPOSITION

Le Dimanche 7 Décembre 1862, de 1 heure à 5 heures.

VENTE

Le Lundi 8 décembre, à 2 heures 1/2 précises.

DÉSIGNATION

BARYE

1 — Panthère étouffée par un boa.

(Aquarelle.)

BARYE

2 — Éléphant au désert.

(Aquarelle.)

BONVIN

3 — Une sœur de charité.

H. 32 c. L. 21 c.

CARAUD

4 — Intérieur de cour à Alger.

H. 52 c. L. 37 c.

CHAVET

5 — Jeune fille devant son miroir.

H. 18 c. L. 13 c.

COROT

6 — Pâturage, effet de matin.

H. 40 c. L. 75 c.

COUDER

7 — Groupe de fleurs et fruits.

H. 80 c. L. 100 c.

DAUBIGNY

8 — La Seine à Bezons.

H. 36 c. L. 58 c.

DECAMPS

9 — Petit berger.

H. 21 c. L. 19 c.

DELACROIX (Eugène)

10 — Angélique délivrée par Roger.

H. 29 c. L. 36 c.

DELACROIX (Eugène)

11 — Hamlet et le Fossoyeur.

H. 30 c. L. 36 c.

DELACROIX (Eugène)

12 — Combat entre Marocains et Arabes.

H. 21 c. L. 35 c.

DELACROIX (Eugène)

13 — Arabe à cheval, prêt à combattre.

H. 55 c. L. 46 c.

DE JONGHE

14 — La réussite.

H. 32 c. L. 24 c.

DEVÉRIA (Eugène)

15 — La naissance d'Henri IV, esquisse du tableau du musée du Luxembourg.

H. 64 c. L. 54 c.

DUPRE (Jules)

16 — Troupeau s'abreuvant dans une mare au pied d'un chêne.

H. 100 c. L. 81 c.

DUPRÉ (Jules)

17 — Paysage près de l'île Adam.

H. 27 c. L. 41 c.

DORCY

18 — Tête de jeune fille.

H. 41 c. L. 32 c., forme ovale.

FAUVELET

19 — Lantara au cabaret.

H. 19 c. L. 15 c.

FAUVELET

20 — La Gazette.

H. 21 c. L. 16 c.

FRÈRE (Édouard)

21 — Une grave occupation !

H. 22 c. L. 17 c.

FRÈRE (Édouard)

22 — Intérieur rustique.

H. 26 c. L. 21 c.

FRÈRE (Théodore)

23 — Caravane près des pyramides du Gizeh (Haute-Égypte).

rég. 12992

FRANÇAIS

295 24 — Honfleur, vue prise de la côte.

H. 47 c. L. 65 c.

FORTIN

285 25 — Les deux âges.

H. 37 c. L. 28 c.

GUILLEMIN

610 26 — La Prière.

H. 16 c. L. 32 c.

HÉBERT

520 27 — Une ferme à San Angelo.

H. 19 c. L. 26 c.

HÉBERT

22 28 — Une rue de Cervara.

(Dessin.)

HOGUET

310 29 — Marine, barques de pêche sortant du port.

H. 54 c. L. 80 c.

ISABEY

1060 30 — Les enfants de l'Alchimiste.

H. 50 c. L. 67 c.

16.094

ISABEY

31 — Le départ pour la pêche.

H. 50 c. L. 68 c.

ISABEY

32 — Marine, temps calme.

H. 28 c. L. 52 c.

JACQUE

33 — Intérieur de bergerie.

H. 22 c. L. 27 c.

KIORBOÉ

34 — Loups se disputant un mouton.

H. 50 c. L. 62 c.

LELEUX (Armand)

35 — La leçon de couture.

H. 32 c. L. 27 c.

ROQUEPLAN

36 — Italienne et son enfant. (Campagne de Rome.)

H. 19 c. L. 24 c.

ROQUEPLAN

37 — Paysage, soleil couchant.

Forme ronde, 16 c. de diamètre.

ROUSSEAU (Théodore)

38 — Lisière d'un bois.

H. 54. c. L. 66 c.

ROUSSEAU (Théodore)

39 — Les Bouleaux.

H. 58 c. L. 43 c.

STEVENS (Joseph)

40 — Le labourage.

H. 36 c. L. 55 c.

STEVENS (Joseph)

41 — Prairie avec animaux.

H. 19 c. L. 25 c.

TASSAERT

42 — Elle aimait trop le bal !

H. 55 c. L. 44 c.

TRAYER

43 — La boîte à ouvrage.

H. 27 c. L. 21 c.

TROYON

44 — Vaches au pâturage.

H. 72 c. L. 92 c.

*

VAN MUYDEN

45 — Jeune mère travaillant près du berceau de son enfant.

H. 32 c. L. 25 c.

VAN MUYDEN

46 — Famille italienne en voyage.

H. 41 c. L. 32 c.

WATTIER

47 — Les Amours guettent!

H. 60 c. L. 45 c.

ZIEM

48 — Le grand canal de Venise au soleil couchant.

H. 83 c. L. 116 c.

ZIEM

49 — Moulins au bord de l'Amstel.

H. 20 c. L. 58 c.

SECONDE VACATION

EXPOSITION

Le Mardi 9 Décembre 1862, de 1 heure à 5 heures.

VENTE

Le Mercredi 10 Décembre, à 2 heures 1/2 précises.

DÉSIGNATION

ACCARD

50 — La Lecture interrompue.

51 — L'Oiseau mort.

52 — Jeune fille à sa toilette.

BARON

53 — Le Moineau de Lesbie.

BEAUMONT (Ed. de)

54 — Caresses au dieu Pan.

BERCHÈRE

55 — Troupeau de buffles au bord du Nil.

BRISSOT

56 — Paysage avec animaux.

BROWNE

57 — Relai de poste.

58 — Bohémiens en voyage.

59 — Cheval de renfort.

CALS

60 — Petite fille tenant un lapin.

CICERI (Eugène)

61 — Paysage.

62 — Paysage; le pont de bois.

COUTURIER

63 — Quatre tableaux; intérieurs de basses-cours.

COUTURE

64 — Esquisse.

COUTURE (École de)

65 — Jeune fille portant une corbeille de fleurs.

DESHAYES

66 — Marine; côtes de Bretagne.

67 — Paysage montagnenx.

DIAZ

68 — Repos de la Sainte Famille.

69 — Jeune femme caressant un chien.

DE MOLINS

70 — Rendez-vous de chasse.

DORCY

71 — La Chèvre retrouvée.

DUVIEUX

72 — Habitation sur les bords du Bosphore.

73 — Rivage à Venise.

FAUVELET

74 — Une visite inattendue.

75 — Fidélité.

FLERS

76 — Paysage.

FRÈRE (Théodore)

77 — Sur les bords du Nil.

78 — Un Bazar au Caire.

79 — Bains au Khan Kalilh.

GIROUX (Achille)

80 — Promenade au bois.

81 — Chiens en chasse.

82 — Chiens courants.

HERSON

83 — Une rue à Caudebec.

JACQUE

84 — Intérieur avec figures.

85 — Paysage avec poules.

JOLY

86 — Tête de femme (pastel).

87 — Tête de femme (pastel).

LAROCHENOIRE

88 — La Montée; effet d'hiver.

LEMAN (Jacque)

89 — Chérubin et la comtesse Almaviva.

LANFANT (de Metz)

90 — Jeune fille portant une corbeille de fleurs.

LONGUET

91 — Paysage; baigneuses.

LUNA

92 — L'Empereur et son état-major (aquarelle).

MOREL FATIO

93 — Vue d'Alger.

MONGINOT

94 — Le Déjeuner du riche.

95 — Le Déjeuner du pauvre.

NOEL (Jules)

96 — Jetée du moulin à Bofor (Bretagne).

PATROIS

97 — La Petite convalescente.

98 — Intérieur russe.

PÉCRUS

99 — Les Jouets.

100 — L'Album.

PEZOUS

101 — La Lettre au pays.

PILS

102 — Groupe d'artilleurs au repos (aquarelle).

103 — L'Étape; zouave (aquarelle).

104 — Un Artilleur.

RAYNAUD

105 — L'Amulette (scène italienne).

RAZÈS

106 — Têtes de jeunes filles (pastel).

107 — Tête de femme coiffée de sequins (pastel).

ROUSSEAU (Philippe)

108 — Renard emportant un canard.

109 — Famille de lapins.

SEIGNEURGENS

110 — Cavalier demandant son chemin à une paysanne.

ARY SCHEFFER (Attribué à)

111 — Italiennes en prières.

TASSAERT

112 — La Chanson des louis d'or.

113 — Mère et enfant.

THIOLLET

114 — Le Retour des pêcheurs, plage du Tréport.

TROYON

115 — La Moisson.

---

116 — Chevalets, boîtes à couleurs, tringles et divers accessoires.

PARIS. — IMPRIMERIE DE J. CLAYE, RUE SAINT-BENOIT, 7

RED. :

19

0 1 2 3 4 5 6 7 8 9 10

www.ingramcontent.com/pod-product-compliance
Ingram Content Group UK Ltd.
Pitfield, Milton Keynes, MK11 3LW, UK
UKHW021034260726
13994UKWH00005B/2141